SINTO MUITO

SINTO **MUITO**

KOTTER EDITORIAL

ROBERTO PASSERI

Coordenador Editorial
Sálvio Nienkötter

Editor Executivo
Claudecir de Oliveira Rocha

Editores Adjuntos
Daniel Osiecki / João Lucas Dusi

Capa
Tuane Duarte

Projeto Gráfico
Andre Luiz C. Mendes

Produção
Cristiane Nienkötter

Dados Internacionais de Catalogação na Publicação (CIP)
Angélica Ilacqua CRB 8/7057

Passeri, Roberto
Sinto muito / Roberto Passeri. - Curitiba : Kotter Editorial, 2022.
110p.

ISBN 978-65-5361-158-0

1. Poesia brasileira I. Título

22-6573 CDD B869.1

Kotter Editorial
Rua das Cerejeiras, 194
82700-510 | Curitiba/PR
+55 41 3585-5161 | www.kotter.com.br | contato@kotter.com.br

1ª Edição | 2022

A todos aqueles fodidos
da cabeça
e bons demais
do coração.

Se meus demônios me abandonarem,
temo que meus anjos desapareçam também.
– Rainer Maria Rilke

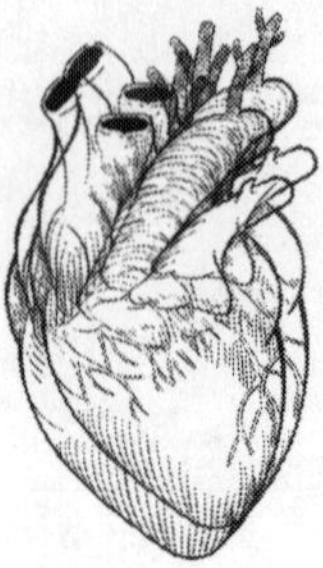

Sumário

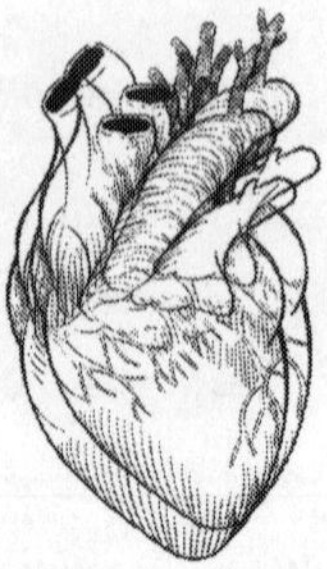

Prefácio

O lugar de nascimento do poeta é a crise. Crise é a condição de quem se abre como canal para que a linguagem se liberte e possa fazer viger tudo pela primeira vez. O poeta, nesse curso, liberta a linguagem, mas prende a si mesmo. Compreender a profundidade ambígua desse lugar é fundamental para que se alcance toda a riqueza poética de Roberto Passeri em seu ótimo *Sinto muito*. Como será visto, a presente obra se assemelha à agonia de um nascimento que, em seu movimento de gênese, permite que o real se dê em sua ambiguidade irônica - pesada, trágica e, mesmo por conta disso, bela.

É grande virtude do livro a capacidade de expor, com riqueza de detalhes, minúcias e pequenas percepções que costumam passar ao largo do olhar mortificado pela inércia. Seus versos fazem coincidir a linguagem em uma busca por ela mesma, a poesia em uma busca por ela mesma e o autor em uma busca por si mesmo. Sua sina é a de se buscar tendo que se perder. Tal contradição marca os versos daquilo que parece ser uma dialética sem síntese, que ao ir e vir, rodopia, deixando para trás pessoas, cidades, países, vivências inacabadas, cicatrizes abertas e rastros em forma de poemas. Longe dos lugares-comuns e dos gastos clichês sentimentalistas, *Sinto muito* é o testemunho visceral do que quer nascer e ser de forma autêntica, mas que para isso precisa se atar à dureza e ao peso concedidos pela graça da sensibilidade e - sedento - ser guiado somente por ela.

Hybris ou o mistério do mal e da morte

Hybris é um termo oriundo do grego antigo que designa desmedida; insolência; insubordinação. É essencialmente um termo que remete à dose de rebeldia que está presente em toda ação que se volta contra o estabelecido, o *status quo*. A escrita de *Sinto muito* parece estar embebida nessa atmosfera de ruptura, seja ela em relação ao fato de "ter crescido mentira" (p. 13) ou à "cortina de fumaça" (p. 24) da juventude. A "geração de malditos" (p. 21) da qual faz parte e tenta escapar, bem como o duro chamado a "não se dar toda essa importância" (p. 50) revelam que a rota de colisão está posta quase que sem limites: em relação ao passado, em relação a quem se julgava ser e em relação a si mesmo. Tudo acontece como em uma implosão que destroça o que há pela frente sem saber ao certo o que irá restar no fim.

No entanto, a sequência dos versos parece se dar conta de que *hybris*, em superdosagem, dizima e aniquila: é um comando das trevas. Seja ao sondar o enigma das "pupilas verticais" (p. 130) da besta ou bem olhar de soslaio a morte "agitando sua capa grosseira" (p. 40), o texto caminha por sendas misteriosas parecendo perguntar-se pela metafísica daquilo que lhe marca a pele. Caminhando pelo universo soturno das tormentas da *hybris* e pelo tom irremediavelmente depressivo que uma entrega ao veneno da ira traz, o autor parece atingir o fundo de uma situação-limite a partir da qual experimenta o vislumbre frágil de "tudo que não é escuridão" (p. 88). De acordo com uma delicada virada, tem-se um refinadíssimo movimento de empuxo oscilante, como no ciclo de uma respiração que ganha movimento pela primeira vez. Pouco a pouco, mesmo marcada pela necessidade de "cumprimentar os demônios" (p. 91), tem-se uma rota em reviravoltas pela busca e contemplação da beleza - ainda que, tragicamente, suja de sangue.

A agonia frente ao terrível da *hybris* permite que, ainda entre escombros e por frestas estreitas, se abra relação com o mais distante, a exemplo do mistério infinito do cosmos em sua exuberância inefável - como no comovente poema *Essas estrelas*. Cada constelação, uma dor; cada dor, um rosto; cada rosto, uma proximidade que agora pode ser admirada e reconhecida - ainda que em imagens do passado.

A partir do amor ao outro em sua radical alteridade, surge também o apelo erótico do texto. Passada a escuridão mais mórbida e fria, surge, em luz quente, o outro na sua carne, na sua evidência mais tangível e material. Isso expõe o quiasma, a encruzilhada que todo corpo é: um nó entre céu e terra, divino e profano, cuja verdade mais poderosa se degusta no erotismo. Em suma, a via de encontro está descoberta, mas também parece falhar quando nela se apoia toda a esperança pelo elixir da cura.

A marcha dos versos se surpreende, talvez sem se dar conta da torção, ao se deparar com o retorno do ponto de onde se saiu e, outra vez mais, seu enigma. Sem respostas finais, tudo fica a se decidir no modo como esse enigma é interpretado e reinterpretado.

Sinto muito - escrito sob o punho Roberto Passeri, vencedor do Prêmio Book Brasil 2021 - é poesia em homenagem a ela mesma: é um rompante contra os grilhões de um cotidiano morto; é a busca pela pujança da vida e da liberdade onde se tem apenas o dia a dia maquínico; é a doação necessária para que tudo se dê em seu auge.

Nesse sentido, no duplo significado de seu título ressoa um pedido de desculpas e uma indicação ao excesso de onde se vivencia tudo aquilo que jamais esteve morto e que pede passagem para constantemente nascer.

Sua leitura exige corações fortes e o impulso para o salto mais radical em direção à crise de onde jamais se irá sair; para a condenação que se quer experimentar sempre e outra vez mais em sua beleza: a linguagem.

Paulo Victor Rodrigues da Costa
Filósofo e Professor da
Universidade do Estado do Rio de Janeiro – UERJ

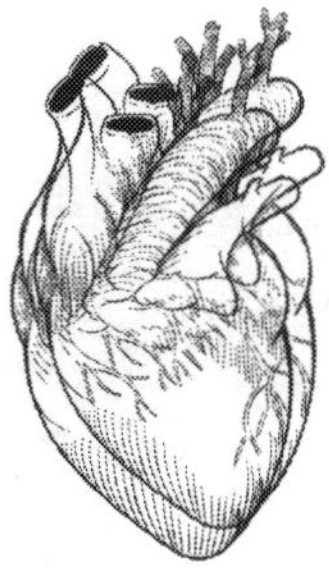

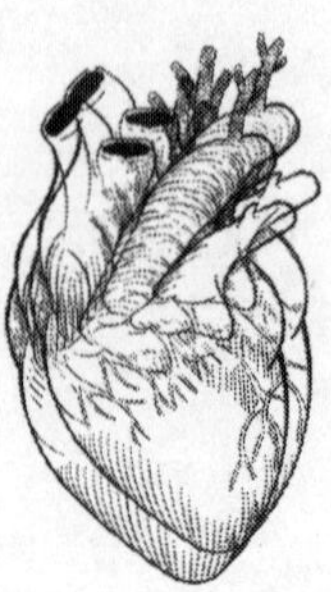

Era abstrato

Luzes e paredes de um branco frio
doente como o dos hospitais,
filas
intermináveis
de cadeiras monótonas,
universos tão diferentes
encaixotados em uniformes iguais.
Animaizinhos exóticos mastigando
versos solenes do hino nacional.
Ali um ar militar e sisudo
puro teatro, cortina
de privilégios e afeto;
senhoras de corações imensos,
mãos gordas,
cacoetes do estresse adulto e
caras idênticas às bolachas devoradas
quando tocava o sinal.
O absurdo de feijões germinando,
cheiro de papel e de cola Polar.
A graça da palavra
almoxarifado
que nunca mais ouvi na vida
e talvez por isso mesmo
a vida tenha perdido tanto a graça.

Tudo se resolvia em tinta
de cores que eu não sabia o nome,
de onde só se esperava o abstrato,
de onde o correto ainda nem era um conceito
e não havia um chicote tão duro
para o imperfeito.

Yasmin,

nunca esqueci o que fez por mim:
foi nobre me ensinar a amar
logo aos sete
e
ainda mais importante me mostrar a dor
no ano seguinte.
Até hoje lembro de um adulto rindo
na escola do meu pranto
o macho alfa pedindo

Não se afete tanto,
a vida é mesmo assim!

Baita ódio daquele sujeito
Yasmin
me empurrou tanta verdade
antes da hora
cresci mentira para nunca mais
sofrer pelo que vai embora.

Contradições

Dia desses me convidaram para falar de livros
e falei de amor
enquanto a escuridão engolia o quarto –
eu sorria na câmera
com a sombra gemendo fora do quadro.
Dia desses
elogiaram minha comida
exótica, colorida e temperada
com meio litro de lágrimas.
Também contaram uma tragédia
não ouvi qual, mas bem reparei
quão secas andavam as plantas.
Fiz cortes nos pulsos, mas com cuidado cobri
um machucadinho bobo nos pés.
Decidi fotografar crises e vi
ruínas serenas.
Quis registrar *o peso do pássaro morto*
e ele voou
                    livre
                                        num sopro.
Ontem mesmo fui capaz de sentir ternura
e até de gozar –
um olho fogo
                    o outro, vazio.
Hoje cedo enchi a mochila
sabendo que não venceria a esquina.
Organizo tanto os objetos

para não tropeçar
em pensamentos.
Sento buda
                    deito feto,
incenso a sala
                    afogo a cama.
Tudo que é belo e *sensível*
carrega em si a maldição.
Tudo que está fodido na cabeça
arruma um jeito o coração.

Toda violência é um nó complexo

Matamos um casamento e atiramos no filho
a culpa
com uma única bala
certeiros que somos
soldados sem alma
treinados em lares
viciados em pólvora
disparando gatilhos
esfregando no tanque
infâncias de guerra.

Olheiras

Desde novo carrego estas bolsas
caídas embaixo dos olhos
e elas sempre levaram o bastante –
em trinta anos, nunca vi desgraça
não caber nas zonas escuras herdadas
de meu pai.
O que vi muito nessas andanças
foi gente que não sofre no rosto,
um tipo raro sem choro guardado
para uma emergência qualquer.
Tantas coisas andam mal agora,
quanta gente ontem sem adeus
para quem foi embora
e tudo certo na terra dos errados
desde que você aprenda
a inventar bem inventado.
Escreva sobre o amor,
adoce o que for
e a ninguém importará
o resto.

Mole

Não sinto um tesão desses desde a quinta B
quando Jéssica resvalou na coxa
e imaginei fugir do meu corpo.
Nesse dia me apelidaram duro
cem por cento duro
sem saber por certo que nasci frágil
e ali já era avesso a viril orgulho.
Mesmo agora
anos passados
madrugadas-sem-fim
às vezes falho   e   me   desculpo
se gostam muito
e esperam
tudo isso de mim.

Rompendo ciclos

A depressão mora nesta família
até onde se sabe
há quatro gerações de malditos.
Essa notícia arrasou meus planos
não por ter a melancolia
entranhada no sangue,
mas porque sou meio obsessivo
e insistiria na vida
só
para consertar uma linha
torta.

Incêndios

De todas as coisas ruins
me arrependo de uma em especial
e nem estou assim tão seguro
do que é memória e do que o tempo moldou
conveniente ficção.
Botei fogo na casa
brincando de riscar fósforos
e meu arrependimento não é quase
ter feito tudo brasa
por mera curiosidade;
minha dor é perceber
que não saí dessa fase.

Vasinhos de planta

Bebo uns copos e ainda sinto
o personagem
aquele espírito de flor arrancada de suas raízes e enfiada
num vaso pequenino.
Éramos tão felizes, não éramos?
Uma da manhã e ainda havia uma festa para ir –
eternamente uma da manhã com um lugar para ir.
Três doses más a quarta desleal
e a quinta para perder os sentidos.
Escorados uns nos outros
incapazes de caminhar de tão
felizes.
Uma boca, dez, não sabíamos contar
Qual é o seu nome? No-me.
Geração ruim de ouvido.
Qual era o meu o nosso nome?
Sorrisos de lâmpada torta,
cigarros desviando do isqueiro feito pugilistas,
joelhos rompidos e colunas empenadas
com o peso de toda aquela alegria.
Íamos escadaria acima, rumo ao Olimpo:
jovens, machos, imortais.
Então alguém violou o pacto e morreu
de tristeza.

O caixão de Pandora escancarado,
a vida inteira fumaça
nos fogos de um Ano Novo que nunca mais ontem
nunca mais vasinhos de planta.

Posso te fazer uma pergunta?

Chegaram a te contar fantasias
ou já era tudo distopia
quando você abriu os olhos?
Te mostraram gentis os dentes
ou cravaram direto na carne?
Apresentaram algo verdadeiramente tocante
ou só lhes interessava tocar?
Quero saber se alguém te deixou
sementes
ou você sempre regou
folhas secas com lágrimas de fênix.

Romantizações

Um rapaz afundou minha amiga
lhe confessando gostar do buraco
de onde sempre saía mais forte e mais
poeta (uh).
De onde saboreava o feito
da volta por cima
para escrever coisas belas
sobre experiências horríveis.
Ela riu, ele não
quando sugeri ser puro
teatro
quando lhe pedi que descesse
do salto
e por favor nos deixasse
fora da arte
sofrer sem palco.

O último a sair apaga a luz

Uns tão madrugada
que outros dormiram
e nunca mais
Tão duros
que outros quebraram
e nunca mais
Tão putaria
que outros romance e nunca mais
Tão armas que outros flores
e nunca mais
Tão touros que outros vermelho e nunca mais
Tão
mais
que outros morreram
e nunca.

Acordo de paz com o envelhecer precoce

Não sei se foram os anos gastos remando
contra meus interesses em troca de aprovação
ou se terá sido a energia que despendi no tardio acordo de paz
com minha existência
mas, por deus,
como me sinto velho-velho-velho
e que estranha satisfação isso me traz.
Tem gente que nunca aprende que a vida
esta vida que, inapelavelmente,
pétala a pétala
vai desfolhando o tempo
parece não escolher todos os dias
bem-me-quer.

A valsa da História

Ela esqueceu de pendurar as estrelas no varal
e encharcou todos os sonhos que vestiriam
depois do jantar.

Ele não soube beber seus medos
cuspiu de volta o inferno e
estava feito ali o estrago.

Quando a sala, por fim, virou cemitério
escolheram dançar,
como velhos amantes,
a valsa mais triste de suas histórias.

E riram e se perguntaram
entre passos e goles e golpes
se não era toda a nossa História também
um ressentido dois pra lá
                                        dois pra cá.

A Donga está internada

Não entendia a Maria
depois dos noventa ainda ter vida
para carregar adiante.
Depois de trinta velórios
olhar em frente –
não por desejo nem força
sobrenaturais
mas porque há almas tão castigadas
pelo nosso tempo reacionário
que simplesmente não podem correr
tamanho risco:

E se a morte, Roberto,
for desgraça de luz branca?
E se o céu não tiver escutado
minhas orações de preta?
Tenho feridas demais para partir
sem saber se sou livre,
tenho medo de Deus me pedir
outra vez
para que aguente firme.

Açúcar e afeto

Depois do acidente ela não conseguia mais
cheirar nenhum cheiro.
Por algum milagre, ainda sentia gostos
e preparava todo tipo de doces.
Teve um acidente e vomitava
propositalmente o que comia –
quase sempre as lindas tortas
que fazia sem o olfato
que fazia
só com afeto.
O acidente também lhe havia roubado
muitas palavras
e o açúcar virou forma de dizer
te amo.
Um dia, cansou e contou:
não teve acidente.
Simplesmente se jogou
quebrou-se em pedaços e
ao juntá-los outra vez
descobriu que gostava de cozinhar
e que talvez também pudesse gostar
um pouquinho de si.

Brainstorming

Basta olhar
revistas e cinemas e ônibus e consultórios e
aviões e farmácias e telefones
e a dança da moça, os carros do moço
e xampus e margarinas e refrigerantes e
bestsellers e chicletes e bancos e seguros de vida e
caralho,
não há milímetro onde a publicidade não tenha deixado
seu rastro de lama.
Foi para vender remédios
que estigmatizaram o choro?
Foi para vender internet
que tudo precisava ser depressa?
Foi para vender combustível
que acenderam tantos sonhos?
Antes fosse para vender caixões
que fizessem tantas guerras,
mas é para vender doces
desgraças
para os meninos cujos sonhos acenderam
e apagaram só para vender
de tudo.

E lá se foi mais um

irmão
antes dos trinta
lhe cravaram uma garrafa no pescoço
em pleno carnaval
o bloco seguiu
outro corpo caído
meu amigo no chão.
Agora arrastam palavras torturadas
já tão cheias de furos
para abraçar o vazio.
Quais verbos
devo-escolher-desta-vez
para passar outra dor? Quais
mentiras contar
para viver
sem que a morte esteja sempre
espiando pela janela
bruxuleando
sua capa grosseira?

Tarde demais

Desculpa o inconveniente
mas acho mesmo que te amo,
escolhi dizer às cinco
depois d'ela explodir e murchar na cama
como um pássaro abatido no auge do voo.
Não respondeu. Já
dormia

creio eu.

Engraçadinho

Às inconsequências que rendiam só histórias e cicatrizes
e também aos quantos perigos desnecessários que corri
numa juventude febril
eu costumava responder
ninguém morre no meu bonde
com um ar de valentia e graça.
Pois o primeiro se matou, mas veja
talvez fosse um caso à parte.
O segundo caiu num vazamento de gás
e talvez fosse apenas má sorte.
O terceiro pintaram num carnaval
seu corpo inteiro de sangue
aí ficou claro que deus e o diabo não tinham
o mesmo senso de humor.

Nunca enterrei ninguém

Não aguento mais velar amigos,
me disse um amigo vivo.
Em prantos, me bateu forte a ideia
de que eu não enterrara ninguém –
uma espécie de maldição ou sorte
de sempre estar em outro fuso
na hora da morte.
Isso de não ver os corpos sem cores
fez da tinta meu único norte.

Avesso

Quando se bebe desgraça por tanto tempo
normal querer que o reverso compense,
mas o avesso da dor
sinto
não é o prazer;
o avesso da dor é a dor
virada do avesso
com a etiqueta para dentro.

O som das palavras no chão

Embora o presente seja um lugar vulnerável
as coisas se tornam claras
quando não há saída,
me disse um homem pendurado
na janela do décimo nono.
Quando escutou as palavras caírem

                                                                                    tão alto

se arrependeu e desdisse:
não sei se vejo poesia em tudo ou se
tudo é poesia e essa gente
                                                    não vê.

Velhas mãos, folhas novas

Num tempo em que nada mais florescia
vi largadas umas sementes
não sei bem de quê –
esta é a minha salvação.
Cuidei por semanas
adubei com cascas
reguei com sangue
talvez até em excesso,
como se a minha vida toda
dependesse disso,
como se eu pudesse inventar
outras raízes.
Quando abriram as primeiras folhas
uma mulher me ligou e disse:
parabéns, você foi o escolhido.
Ela escutou minhas preces para as
meninas,
viu o dia em que sorri
depois de tanto.
Ela sabe que sou capaz
de germinar o lixo.

Se aprochegue

Seus abraços tão demorados
quase a ponto de um irreversível
constrangimento.
Numa dessas lhe perguntei por quê
e ela explicou: após vinte segundos
o corpo se inunda
pouco importando o tamanho
da dor.
Um, dois, dez... passou.
Não era essa qualquer menina
sem dúvida
eu havia encontrado
por acidente
uma bomba caseira de serotonina.

De Belchior e de Lynch

herdei coração selvagem
e uma jaqueta cafona de couro
que certamente me fariam
um *rock star*.
Até cheirei, mas não levava jeito
até gritei, mas não saía som.
Complexos limitavam a capacidade
de me tornar descolado
e
sem aprovação não moveria
um dedo sequer.
Talvez não fosse assim tão selvagem
meu coração. Ou
um coração verdadeiramente selvagem
nunca dê as costas
para a palavra amor.
Certa vez perguntei se causava
tanto dano quanto em minha cabeça
e o que ouvi foi pior:
não se dê assim
toda esta importância.
Ora ora, estava desmascarado
o alecrim.
Ora ora, mais um menino
cuja luz se apagou no peito
e reacendeu no bar.

Essas estrelas

Este fascínio pelos astros ainda vai acabar me matando
como matou meu bisavô,
um velho italiano que morreu de estrela cadente
enquanto fumava seu cigarrinho.
Meus olhos se encheram d'água
na primeira vez que vi uma num céu de verdade.
Julguei ser algo no sangue –
memória genética, DNA de astronauta frustrado.
Por fim, descobri que chorava por pessoas
que perderia vinte anos depois
e já se anunciavam cadentes bem ali
numa faísca tão linda quanto triste
que cortou o infinito
e a inocência.
Se a Terra girasse ao contrário, talvez fosse diferente.
Quando o sol deita relaxado demais sobre as montanhas
e a lua estende o seu saco de farinha
sei que será uma noite dessas e me preparo.
Dessas madrugadas respiro o barulho do nada
e lembranças de tudo.
Essa espécie de meditação cósmica amadureceu em mim
a ideia de que começamos a partir tão logo chegamos
e justamente por isso não devemos tratar a morte
como um inimigo
ou um fim em si mesma.

Mantê-la presente de alguma forma,
como essas pipocas de prata que continuam a explodir
ainda que a chama do universo já tenha se apagado
há bilhões de anos
há cinco minutos.
Talvez o amor seja uma força como a Gravidade
mas não se deixe medir por equações
e sempre escape à Ciência.
Quem sabe não é um signo do zodíaco
uma constelação sem começo nem fim
dessas que nunca compreendemos
mesmo olhando tanto
e tanto.

Amanhã eu vou ser mais feliz

Depois de levar flores aos túmulos
faço questão de levá-las em dobro
aos vivos.
Escrevi em tantos pântanos
e não caguei
minha sensibilidade,
de modo algum
murcharei à força.
Deve ser duro
o outro lado de minhas derrotas
porque a cada perda
broto
e bebo e abraço e gozo
e choro e rio e recordo
mais
partido
e muito
melhor.

Acostamento

Sempre pego carona com perigosos
pensamentos
para em seguida descer na estrada
e caminhar tudo de volta.
Às vezes sento
sobre o agora,
mas a vida é louca atividade
executada para frente
e o passado ou presente se descobrem depois
reféns desse futuro.
Viver não é exatamente
melhor que sonhar;
é sim,
inevitavelmente,
futurar.

Jovens

Essas joias sem passado
por quem os homens babam
empobrecem e matam,
essas figuras deslumbradas
livros sem peso
roteiros óbvios
vidas sem chumbo
sem marcas do tempo
sem a lâmina certa
para fazer sangrar
sem força capaz
de fazer doer
sem história suficiente
para se poder amar.

Nenhuma lágrima

Essa senhora que já nem tinha dedos
para contar os enterros e desterros –
uma mulher de vida desgraçada
com uma coleção de cicatrizes invisíveis –
me encontrou arruinado num ponto de ônibus
já te vi aqui antes
menino
seu sorriso é tão bonito
e nenhuma lágrima esconde isso.
Senhora, senhora, você me lê agora?
Mil desculpas ter partido sem um abraço;
posso ser tímido e meio zoado
mas jamais frio
ou mal educado.

O peso no reflexo

Saiu do banho para expor ruínas:
enchcarcada diante do espelho
chorava pelo corpo inteiro
belo e torto
pingando num tapete sem consolo.
Flertando
entre autopiedade e carência,
rebolando
sob experiências amargas,
medindo
a alma na transparência
e o peso
no reflexo.
Acendeu bem longe e vazia
feito lua nova
incapaz de mover marés,
sonhar profundo após o amor
depois de verdadeiramente
se amar.

Às vezes me ocorre

Passa o trem e com ele
o pensamento
por que não me jogar agora?
Mas seria um trauma e um atraso
na manhã de tanta gente comum.
Às vezes, amolo uma faca e me ocorre
cravá-la em cheio no peito.
Mas quanto tempo aguenta um coração? e
pobre de quem limpar essa cena.
Outras vezes, tomo remédio e quero
engolir a cartela.
Mas há um risco de falhar e ainda viver
com miséria de fígado.
Muitas noites escrevi a carta e,
quando pensei no velório,
podia um pouco mais.

Mudanças drásticas

Num vilarejo provinciano
ele quis mudar
de sexo
e toda sua gente lhe chamou
aberração
então ele entrou na banheira
e para sempre mudou

de plano.

Mão única

Entre dois fumos ele mencionou um episódio escuro
mas fez pouco de seu drama
e desligou com a habitual ternura.
Dormi sozinho e acordei com a devassa
culpa
pois me excitava a história
de mais um herói invisível
e não exatamente o que ela tinha mastigado
de meu irmão.
Nem me dei conta de que havia uma parte
da qual eu não fizera parte.
Nem percebi qual preço
tinha seu instante.
Tanto tempo de estrada e não vi
sinceramente não vi
o passado movendo o volante.

Contratual

64 EXT. LINHA DO TREM – NOITE
Um gato preto se espreguiça e se lambe
entre latas e guimbas de cigarro
até ser espantado
pela vibração dos trilhos e pelo
rugido metálico que se aproxima.
O trem corta a paisagem bucólica
em segundos
e o gato volta
a seus afazeres felinos.

ELA (V.O)
Você é um bilhete só de ida.

EU (V.O)
Deve ser porque morri duas vezes
e já não acredito no amanhã.

65 INT. QUARTO – NOITE
Uma taça de vidro vazia mal se equilibra
na mesinha de cabeceira
Um incenso abandonado esfumaça
a cama que parece do avesso
O barulho abafa as palavras
de um casal sem roupas
Ela está de bruços
olhando fixamente
a taça que treme

Ele está de gato
lambendo devagar
a perna dela que treme.

ELA

E na felicidade? Meu irmão jura
não existir de verdade.

EU

Preciso pensar, não gosto de respostas prontas
para questões tão profundas.

ELA

Quer mais vinho?

EU

Essa também é uma questão profunda,
afinal a terceira garrafa sempre carrega
enormes consequências.

ELA

Ressaca?

EU

Corações partidos.

ELA

Serão quarenta e oito horas
e fim.

EU

O melhor acordo que se pode fazer
comigo.

ELA

Pois espero que tenha um ou dois
bons advogados.

Infusões

Beijou a privada como a um rei e
dali não sairia mais
até que um novo dia lhe trouxesse coragem.
Não movi esforços além de ferver água,
pois conheço bem os bêbados
e também os chás.
Como a preguiça me guia mais que o apreço,
apenas coloco raspas de limão e gengibre
nas xícaras de quem eu amo.
Às vezes, tomamos uma decisão sem saber
e essa decisão ganha vida independente,
sua própria força de inércia,
de modo que a cada minuto
fica mais difícil alterá-la.
Uma brecha no terreno e
BUM
se agiganta como um tsunami –
a isso chamamos paixão
ou desespero.
Quando nós acordamos,
ela ressaca
eu poesia.
Episódios assim que fazem
de minha vida grave
esquizofrenia romântica.

A realidade é uma fantasia

Note que a magia tem o seu aspecto ordinário.
Perceba
cada elemento da natureza,
cada detalhe deste universo
contém um significado, uma pista
e estamos despreparados
para o que quer que seja.
Te parece banal que plantas se alimentem de luz
e ainda ofereçam o ar enquanto deixamos
nossos meninos com fome?
É insignificante que a Terra voe
a cem mil por hora
e nos enjoe o trânsito dessas multidões?
Não é um milagre que o Sol continue a nascer
para tanta estupidez?
Abelhas castigadas, lambuzando
de mel nossas amarguras
isso não é
no mínimo estranho?
Te cruza o ódio e logo vem o olhar amável
dos cães no quadro seguinte.
Há bombas caindo das janelas e há estrelas que
com toda candura
nunca vão parar de subir no céu.

Note que entre o lado fantástico da existência
e a pura distopia
flutua um pêndulo que demora apenas uma piscada
entre os extremos frágeis.
Felizes são os que dominam
a arte de prender a respiração
no tempo eterno deste segundo.

Tumores

Ela se sentia mal por não chorar
a morte iminente do pai
Pior se sentia por desejar
acelerar o tempo, acabar com aquilo
de uma vez.
Até que um milagre trouxe seu velho
de volta do poço
e ela descobriu um tumor
no peito.
Os médicos não quiseram dizer
mas todos souberam
jovem que era
câncer de tanto querer.

Prometi publicar o bilhete que você perdeu

Bem-vinda de volta ao lugar que tanto te preenche
e tão vazio se nota
sem teus passos –
quão frágil se vê esta casa
sem teus superpoderes
cotidianos
Aqui sempre   haverá
braços abertos,
ouvidos atentos e doses cavalares
de álcool, chá e ternura.
Bem-vinda de volta, de alguma maneira,
para reconstruir-se
porque os seres humanos não nascem para sempre
no dia em que suas mães os dão à luz,
e sim que a vida os obriga outras e muitas vezes
a parirem a si mesmos.
Bem-vinda de volta para perseguir sorrisos por toda estrada
que temos à frente.
Bem-vinda de volta
à luta
ao luto
ao lar.

Não faça

Há noites
amor
em que não se deve escrever
e isso me avisou uma alma
boa
mulher que jurava que o céu
havia lhe roubado o corpo, o copo e
a caneta da sorte.

Só faça

Escritos, escritos, escritos:
nascem psicografados
tropeçam em voz alta e jamais
acomodam-se cem por cento no papel.
Esvaziam canetas, ferem o silêncio
frenéticos como se a munição fosse acabar
como se temessem um capote na curva seguinte
e precisassem deixar tudo depressa –
minha bula, minha confissão.
Escritos, escritos, escritos:
pertencem a referências embaralhadas
a pessoas que bebi num trago ou mil
a coisas que nem sabia que um dia soube
e a amores que sinto que de verdade amei
só por causa dos tais escritos.
A histórias que me contaram sem fé
de que eu realmente as ouvisse
e agora renascem tortinhas
tanto tempo depois
como escritos, escritos, escritos.
Sinalizadores navais, faíscas desesperadas
nos buracos das noites sem fim.
Mas também navios piratas inquebrantáveis
dominadores dos mares bravos
saqueando tudo pelo caminho
até não sobrar nada em lado algum.

Escritos, escritos, escritos:
as próprias ondas e seu ir e vir eterno
a dança que chupa castelos de areia
e devolve pérolas
a arte de trocar sandálias de borracha
por tartarugas milenares.
Busca interminável, biscoitinho de pet
vômito, disciplina, construção,
casulo, casinha
de palha ou tijolos - a depender da estação.
Escritos, escritos, escritos:
a única forma honesta que aprendi
de contar mentiras.

Desculpe interromper o silêncio de sua viagem

Há poucas coisas capazes de mexer comigo
como a escada rolante de uma estação
e o seu funil de formigas sonolentas
confusas
raivosas
anestesiadas
disputando espaço:
a objetividade estéril dos que medem
o tempo e se apressam pela direita
versus
o abatimento dos que dormem demais
e descansam cafés e sonhos à esquerda.
Essa massa se cruza e se tromba
sem pedir desculpas ou levantar os olhos
como uma máquina engasgada
cujo único propósito é seguir em frente.
Às vezes –
confesso, não são tantas –
uma nota afiada atravessa o bruto
zumbido de cabeças e trilhos
e por este breve momento –
confesso, é divino –
a melodia parece romper os feitiços
e quase posso enxergar
sorrisos.

Muito prazer

Me diga seu nome e depressa
tão logo possa
o estado civil
para que eu não construa
uma ideia   uma casa   uma família
antes de devolver um ridículo
o prazer é meu
como se na minha cabeça
estranha
já não tivéssemos juntos
gozado
pelo resto de nossas
miseráveis vidas.

Que dia é hoje?

Estava seguro de haver fugido
pelas próprias pernas:
grades enferrujadas
tombadas lá longe,
mil caminhos possíveis.
Mas não.
Toda a euforia
quem sabe
a vontade de correr até cair
de cavar até (re)descobrir
o novo o belo o impossível,
a energia formigando dentro
em mim
toda a fúria agora alento
isso tudo, enfim,
de outra vez poder gostar
não se chamava liberdade
se chamava outra fase
de ser talvez bipolar.

Expectativas e realidades

Você tão à vontade na penumbra,
coberta
por mantas de estrelas e sóis e luas,
uma galáxia particular na esquina
do meu quarto
com sua própria força de atração.
Penso no que disse mais cedo:
não quero me afastar de ti,
tampouco posso chegar mais perto.
Essas palavras me jogaram num calabouço
de doze horas
ou meses.
Querida,
se soubéssemos a infelicidade que gera neste planeta
tanto evitar a dor e buscar o prazer,
se compreendêssemos que nos faz
desgraçados
e o quanto corta a conexão com nosso íntimo,
talvez estudássemos a fundo
bem antes das equações,
talvez treinássemos nossas mentes
e corações
como se qualquer vestígio de esperança
dependesse deste fino equilíbrio
entre nossas emoções
porque, de fato,
depende mesmo.

Tudo que não é escuridão

Tenho uma doença
e meu problema é querer tratá-la
com paixão.
Quase sempre isso agrava o quadro;
esvazia depressa todas as coisas,
joga sobre as pessoas
peso desmedido,
torna cada experiência
o princípio do fim.
Geralmente esta linha costura apenas
culpa nas fantasias que crio
para tratar doença
com pouca fé nos divãs
e fé de mais nos lençóis.
Quer dizer,
para mim,
tudo que não é escuridão
poderia ser
e é
amor.

Cale-se

Há um ruído contínuo:
não sei se a vibração da cidade,
a respiração invisível
das pessoas sem nome
ou uma sorrateira tragédia
prestes a eclodir.
Não sei se cada lugar tem seu som
e eu nunca os ouvi.
Há um ruído contínuo
não sei se minha voz
nunca ouvi.

Budismo

É impossível meditar neste estado, mestre.
Ele me encarou com o azul espremido
nos olhos
e respondeu num tom de oceano:
é possível
que você já esteja meditando há anos
sem cumprimentar os demônios
sem dar-se conta de que o vazio
não é desespero
e de que a tal plenitude
não significa felicidade.

Dois amores fugiram para o mesmo lado

Engraçado ter perdido
dois furacões para a mesma cidade
bucólica.
Justo Edimburgo,
onde vi neve pela primeira vez
e estive seguro de ver
caspas no telhado,
algum defeito no céu.
Nesse instante, soube por instinto
a necessidade de invocar um Sinatra
para melhor amarrar a memória -
quando anexamos canções e perfumes
às nossas histórias
jamais deixamos de ser atordoados
(e revividos)
pela nostalgia.
Naquele instante, soube que o amor
o mais desvairado e resiliente
é, de qualquer forma,
uma verdade efêmera -
efêmeras são
todas as coisas
pois o universo engole e cospe a si mesmo
igualzinho a nós.

Sequelas

Inabalável sujeito vendo o rio prateado
subir e descer feito uma puta cansada
num frio do inferno.
Me vi imbatível naqueles dois anos
trancado sozinho
como se já conhecesse os truques.
Enquanto o mundo afundava
nadei para longe
e gostei de mim numa ilha.
Agora entendo ter filtrado venenos
daquele tempo virulento.
Quando foi possível respirar de novo
o mundo flutuou com seus velhos braços
e eu
já não tinha o gás necessário.
Quando quiseram ganhar as ruas
quis finalmente o direito
de me afogar tranquilo.

Como escapar

Escrevi vinte poemas em dez anos
e outros vinte em dez dias
só porque as paredes se fecharam,
o mundo virou
cubinho
e não haviam ensinado outra forma
de voar sozinho.

Não seria justo querer prosa

A cabeça agora deu de explicar
a vida assim
                    só desta forma
talvez para economizar
algo que não compreendo. Ganhei
ou perdi espaço e sentido.
De repente foram as coisas cruéis
e igualmente belas que li,
de repente foram máscaras
deste tempo que não vi,
mas bem pode ter sido
a necessidade de respirar
através de lembranças –
e o pensamento ele   vai
                                        vai
                                                                        se perde e
volta.
Memória segue pouco a linha
e muito o verso.

Super-Homem

Aceito a sacanagem
como forma hábil de disfarçar
carinho
e também vejo o humor
preenchendo bem os espaços
vazios.
Não leve a mal,
mas andamos perdendo
cabelos, amigos,
verdades e eleições.
Pois já é hora de saber dizer
te amo
de aprender a pedir
ajuda
ou pelo menos sinalize quando
rir ou chorar
para que daqui eu não acredite
que todo sentimento agora
ocupa o mesmo lugar.

Uma aquarela que um dia, enfim, descolorirá

Tica, você já reparou como as sombras ficam
gigantes e engraçadas
conforme o sol despenca?
Os besouros viram passarinhos
e os passarinhos viram
dinossauros nos muros de giz de cera.
Alguém já provou, Tica, essas nuvens
cor-de-rosa
para saber se são mesmo tão gostosas?
A lua não espera mais o sol ir embora.
É saudade ou medo do escuro?
Eu queria morar numa dessas estrelas...
Lá é o mesmo dia que aqui?
Agora são todos iguais,
tirando os domingos.
Você também não acha, Tica, que os domingos têm cheiro
de carne assada com batata?
O vô adorava carne assada...
Para onde levaram o vô?
Aqueles homens sabem que ele não pode
caminhar depressa?
Por que não deixaram a gente
dar o abraço gordo de urso?
Eu quero ir à praia, Tica. Quero
escutar o *shhhhh* da franjinha das ondas,
aquele barulho de ouvido tampado.

Tampa meu ouvido esta noite
para eu sentir o mar na cama?
Agora vou fechar os olhos,
mas não precisa chorar.
Só desta vez
não chora.
É verdade que as lágrimas vêm dos oceanos?
Não chora, Tica,
não chora porque
você é docinha.

Depois de tudo

Se não for pedir muito
vamos querer tudo
depois do incurável
que nos deixaram sofrer.
Podemos querer
inclusive
velar aqueles corpos e marcá-los
um a um
para que daqui a trinta anos
não se entorte a História
como os canalhas costumam fazer.
Certo vamos querer
derramar aquelas lágrimas
que se forçaram alegria –
o pranto vestiu-se de bom dia
para sustentar os nossos
amores de pé.
Vamos querer todos
além do tempo
cada farelo de sentimento
e o direito de enlouquecer
em paz sem fé.

Revisionismo

Você parecia sempre triste,
mas eu conhecia a tristeza assim
só de nome.
Teria entregado tanto mais hoje,
acontece que as pessoas insistem em calhar ontem
e me pegam de surpresa
bobo
mãos vazias.
Tem gente lá de trás
veja
só fui descobrir que tanto gostei agora.
Isso é errado?
Não sei se este revisionismo é normal
entre os normais.
Pari uns quatro Robertos e mais uns
três desconhecidos
depois daquela versão medíocre.
Você gostaria deles
ou não.
São talvez mais otimistas,
parece que envelheci ao contrário:
aos 15 estava gagá,
aos 20 a morte era um ótimo negócio
e agora aos 30
com atraso
entrego cartas de amor.

Desterro

Era uma rara manhã dessas em que venero
o cinza
e vejo quadros bonitos no caminhar abatido
de cada pedestre.
Me observei através do vidro
tomando café com firulas
diante de pontos turísticos disputados.
Estava ali havia um ano
e esquecia de apreciar as horas
como esqueço dos aniversários e coisas
sem alarme posto.
Um ano colecionando histórias
e ainda precisavam ligar
da parte sofrida do mundo, bebês no colo,
para chamar de orgulho
toda minha jornada.
Conheci atletas tristes no alto do pódio,
escutei vazios dos que tocaram seus sonhos
mas nunca tinha visto alguém chorar
por um *croissant*.

Volte para casa

Sei melhor do que ninguém o quanto você ama
as experiências
e o quanto te move
a grandeza do mundo,
mas, neste exato momento,
admita que este remédio
pode ser veneno.
Você precisa do calor
de gente que te quer
e isso não é um fracasso, isso se vê em seus olhos
perdendo o brilho dia a dia.
Desculpa te dizer sem rodeios
volta para casa, volta
para o lugar que te fez
você.
Não pela cabeça, não tanto pelo coração, digo isto
pela alma que está te escapando toda vez que te chamo e te noto
mais branco
mais
afogado em si.

Língua materna

Fazia meses viviam com uma outra pessoa
e ali estavam boquiabertas em me ver assim tal qual.
Nem eu me reconheci
naquela mesa de bar
quando pude outra vez empunhar a arma
e com energia nunca antes vista
disparei por três horas seguidas.
Que versão é esta de você?!,
perguntaram
tão acostumadas em me ver
murcho em outro idioma,
vazio
de expressões.
Ficaram pasmas comigo tão vivo
depois de terem me observado
noite a noite
morrer em outro corpo;
perdi dez quilos
em palavras,
perdi melanina
nos versos,
me escapou a mania de molhar os lábios
para benzer as ideias
e de cuspir nos outros
por pura excitação.

Prazer, respondi,
sou eu gigante
soldado de minha língua materna,
fiel amante
caminhando
sem perna.

Terapias alternativas

Acreditei que com raízes e ervas certas
se curava tudo:
com muita paciência e cúrcuma
venci dores lancinantes no corpo,
com teimosia e cravo
desinflamei os dentes
e à base de boldo fui compensando
as noites de estrago.
Como um índio, eu pensava macerando folhas.
Achei também que só na comida e na conversa
pudesse sacar o monstro da frente.
Assim quase envenenei a alma
só para não tomar remédio pra mente.

Verão

Não faz muito decretei ter
aprendido a lidar com a morte –
uma mentira tão deslavada.
Justo nessa noite ela veio
sussurrar aquela canção
só para que eu despertasse acabado
sem saber por quê.
A música das malas e do fusca
daquela nossa viagem.
Fui tão feliz no litoral a ponto de confundir
cheiro de maresia com desejos profundos
Uma espanhola entendida da cabeça,
por exemplo,
disse que eu era muito intenso
dios mío
e ri porque sequer tínhamos dormido juntos,
enfrentado as conversas de lençóis suados
capazes de mudar os rumos
numa única manhã.
Precisei explicar
outra vez
meu pacto de viver sem frear na curva ,
sem me oferecer pela metade –
não uma escolha descolada da qual me orgulho
mas o produto cuspido
das minhas experiências de merda.

Ando desta forma para honrar memória
dos que se foram cedo
e para que a maldita depressão não me veja distraído
ao volante
e me assalte de novo.
Duzentos por hora ou nem tiro
o carro enferrujado da garagem.
A espanhola teimava
que eu estava sendo brasileiro
ou seja
um galanteador barato.
Não é de todo errado, mas você,
como bom advogado,
compreenderá o tamanho dessa injustiça.
Somos de apaixonar depressa
todos os dias
antes que uma bala perdida nos vare a cabeça
ou uma outra desgraça cruze nosso caminho.
Somos de onde as pessoas se beijam
de língua
em pontos de ônibus
e se confessam em táxis.
Na metade despedaçada do mundo
não há tempo para os amanhãs.
No Brasil, não existe espaço
para tamanho sossego.

Eles não têm, meu caro,
a palavra saudade no dicionário.
Ela...eles têm muitas coisas bacanas,
mas não esta saudade.

Inverno

Dizem que o tempo é dinheiro
mas o meu conto em batidas
no peito
É normal guardar o sangue
embaixo do colchão
para os invernos em que a gente
esfria demais?

Primavera

O velho num banco
velho
eu no outro
não assim tão velho.
Ele matando as palavras
cruzadas
eu cruzando
vivas palavras.
Ameaça de lá cuspir
para a Primavera
enquanto levo daqui
a estação à boca
sem bem saber por que fumo
alecrim, tabaco e rosas.
Entre nós   areia fina
Entre nós   gangorra
Entre nós os pombos
bicando farelos de meio século
que nos divide como uma lâmina sagrada
Quando ele
o velho
desistir de seu agora
ou
uma criança assustar os pássaros
céu afora

nada restará entre o que sinto
agora em vão
e esses cinquenta anos
velhos
migalhas no chão.

Outono

Pela janela do avião olhei

não vi
e chorei.
Não por nada
                    ver
mas pelo reencontro súbito com a felicidade
que amo e odeio em partes iguais.
Chorei pois ela vinha de longe
prometendo ficar -
ou assim entendi -
mas na janela do avião constatei o engano e
chorei.
Chorei porque chorava ao meu lado,
sabe-se lá seus gatilhos,
uma moça que nunca vi.
Chorei pela moça tão jovenzinha
e também pelos homens
bem-feitos
que não choram;
aliás, sempre que engato uma dessas
aproveito o embalo e deixo prantos
para Franciscos e Pedros e Gabriéis.

Talvez nos encontremos
um dia
me abracem, me agradeçam
pelos rios que derramei por eles
ou riam como sempre riem
e regressem nos instantes seguintes,
pois almas que não se encharcam
não germinam a terra
e têm muitas vidas pela frente.
Chorei por chorar pelos outros
como se necessitasse motivo nobre
para fazer o que sempre fiz.
Mais que por todos, chorei
por tudo
                chorei
por nunca ter me ocorrido escrever
ou inventar desculpas
depois de sorrir.

Sono pesado

Com tantos túmulos
e sua mania de fechar
os olhos tão devagar
passei noites em claro,
temendo cada piscada mais larga
como se fosse um adeus,
rezando para que seu sono não saísse
em minhas palavras
cinzas para os meninos.
Desculpa te despertar às três
para saber se está viva
e te puxar às seis
para saber se ainda me quer.

Querida irmã,

nunca conheci alguém com um olhar tão solitário
quanto o de Brigit.
Nem o Mudinho,
aquele senhor que vendia churros de creme,
canela e desconsolo na porta da escola.
Ou mesmo a Veterana,
a vira-lata de três patas
que teria perdido a quarta no verão mais quente
da história insignificante de Iguaba Grande. Derreteu
como o sorriso dessa mulher que agora entendo
Brigit
não sei se viva ou morta
no único retrato desta casa
não sei se morta ou viva
no único ponto sem cheiro
de
vinagre e arrependimento.

Onde estão?

Uma planta e um incenso foi o máximo de afeto
disposto em meu espaço.
Não tive brio para me revelar
em fotos
nem sei por onde andam aquelas lembranças
meticulosamente colecionadas
ao longo dos anos.
Em que direção voaram as palavras
dos que ainda escrevem à mão?
Eu costumava ter tantas frases potentes
em letras de forma.
Havia um baú de *eu tenho*
num fundo de armário.
Um tempo bruto fez comigo
o mal que a força sempre faz.
De gente, desaprendi por completo
sinais e intenções.
Da vida, não me parece razoável
esta insistência em ser todo dia.
Se soubessem que cada manhã
fora do lugar
custa um pedaço grande de mim
talvez não tivessem pressa
de sair sem tomar o café,
talvez lhes restasse paciência
para me levar
ou trazer
de volta.

Projeções

Sigo abrindo e entortando armários
em busca de algo que jamais encontro.
Essas gavetas imensas
corações sensíveis, dispostos,
guardando raridades e oferecendo
sonhos pelos quais jamais
poderia pagar,
tentando algo que me leve ao Algo,
esperanças mescladas com sombras
sabe
como o último parafuso de uma engrenagem
sem motor
um balão de festas num velório
duas asas que não voam
amanhã que não vem.

Ruminante

Foi no Alentejo que encontrou os olhos da paz
diferentes de tudo que havia visto –
pupilas verticais, sábios movimentos.
Passou a ajoelhar-se cada noite
lhe pedindo bênção.
Ela encarava de volta
num misto de pena e decepção;
julgava sua fé humana
e emitia seu som, que ele entendia
porque foi cabra em outra vida
e certamente cabra seria na próxima.
Enfim, seu som dizia sempre
volte amanhã e tente outra vez,
ruminar é uma arte
para poucos.

Que chato deve ser português

Lá longe bem onde
entre muitas aspas
inventaram esta belíssima língua
uma professora gentil me perguntou
se eu aceitaria um copo,
se eu gostava de
chá.
Respondi que sim
Amo!
ao que todos riram juntos
alto
e corei confuso
quase em outro universo.
Como havia pendurado na sala
apenas uma palavra
supus que fosse mesmo com ela
o grande problema:
Vocês não dizem...
amo?
não para isso, respondeu um.
nem para qualquer coisa, disse dois,
somente para pessoas.
Oh, desculpa lá então!
e sinto muitíssimo
(pensei)

que chato deve ser
falar português sem torrar o verbo
amar
que chato deve ser português e
ponto.

Não quis jogar nada fora

Até pareciam trocas justas
amizades sinceras
mas ali estava o meu
parasitismo –
por trás de cada mensagem
meu furacão.
Fui querendo saber que tal
depois de tudo
recordando uma canção
e outra
de repente se passaram dez anos
e eu tinha um lastro incompreensível
de carinho.
Fui acumulando pessoas
não como troféus ou contatos
fui só acumulando
fora
para não arrumar dentro
acumulando
como uma senhora e seus cristais
brilhando vazios.
Catando migalhas lá e cá
para ver se subia um forte aqui
fui juntando fios
tecendo uma rede de sete mil quilômetros
onde eu pudesse cair
cair
e cair.

Terapia

Tanto tinha para cuspir
quilômetros para escavar
em mim
cem mil frases possíveis, cem mil portas
trancadas
sem falar nas pedras
para tirar da frente
mais as sombras para iluminar
lá atrás.
Tudo isso que transbordava
ontem em águas cristalinas
hoje virou neblina
e nada me ocorre dizer,
como se eu fosse uma farsa,
como se traísse a mim mesmo,
como se fosse fetiche
inventar abismos.

Sinto muito

Por cada festa que deixei silêncio
por cada noite que fiz mais escura
por cada casa que soltei fantasmas
cada prato sem sentir o gosto
cada imagem que enquadrei com pressa
viagem que perdi memória
pássaro que não estendi migalha
estranho que não abri sorriso
cada cidade
que passei da placa
amigo que escorei naufrágio
corpo que preenchi vazio
copo que enchi sozinho
cada
segundo que joguei no lixo
cada grão
que não entendi universo
cada chama que apaguei no inverno
cada âncora que enterrei
no deserto
cada céu que pintei inferno
cada lápide que não levei flores
cada flor que privei de água
água que afoguei o rosto
rosto que escondi de tudo
cada tudo

que fui nada
eu sinto muito
eu
não era
bem
eu.

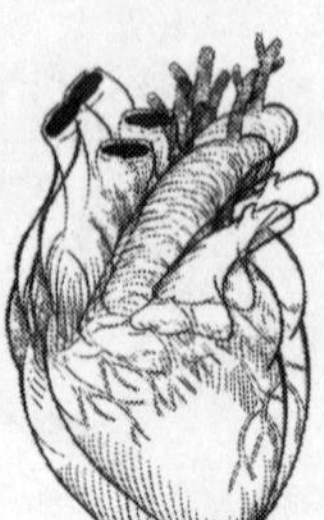

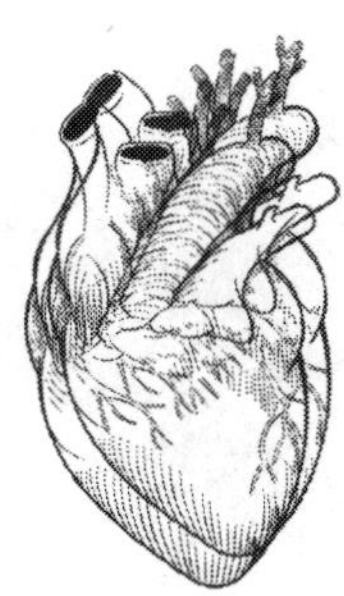

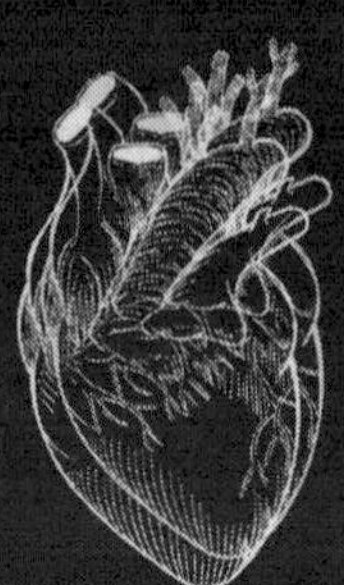

Papel Pólen 90 g/m^2

Fontes Sitka 12 e Schadow BT 16

Impresso na Primavera/2022